DOCTRINE,

EXEMPLES ET PRIERES

DE LA BIBLE.

» Le Peuple ſe bornant de plus en plus à aſſiſter le Dimanche à la Meſſe, n'entend dans toute l'année ni *Diſcours* inſtructif, ni *Lecture édifiante*, ni *Priere* dans ſa propre langue. »

De l'Importance des Opin. relig. Ch. X.

A Generaliſ. 1789.

PRÉFACE.

» La Majesté des Ecritures m'étonne, la Sainteté de » l'Evangile parle à mon cœur.

Emil. L. 4.

IL est dit dans le Prologue de L'ECCLÉSIASTIQUE de Jesus, fils de Sirach, dont le Livre a fourni vingt-sept Chapitres à ces Extraits, & dont la morale se retrouve exactement dans celle de Jesus-Christ : » On peut voir dans la Loi, » dans les Prophetes & dans ceux qui les ont » suivis, beaucoup de choses très-grandes & très- » sages, qui rendent Israël digne de louange pour » sa Doctrine & pour sa Sagesse ; puisque non » seulement les Auteurs de ses Discours ont dû » être très-éclairés, mais que les étrangers même » peuvent devenir, par leur moyen, très-habiles » à parler & à écrire. C'est ainsi que Jesus mon » aïeul, après s'être appliqué à la lecture de la » Loi & des Prophetes, & des autres Livres » que nos peres nous ont laissé, a voulu lui- » même écrire de ce qui regarde la Doctrine &

» la Sageſſe ; afin que ceux qui deſirent d'ap-
» prendre, s'appliquent de plus en plus à la
» conſidération de leur devoir, & s'affermiſſent
» dans une vie conforme à la loi de Dieu. »

Jeſus-Chriſt diſoit la même choſe en St. Jean, chap. 7, en diſant : *ma Doctrine n'eſt pas ma Doctrine ; mais c'eſt la Doctrine de celui qui m'a envoyé. Si quelqu'un veut faire la volonté de Dieu, il reconnoîtra ſi ma Doctrine eſt de lui, ou ſi je parle de moi-même.*

Malgré que cet ancien tréſor de morale des Livres ſacrés ſe ſoit accru juſqu'aux Apôtres de l'Evangile, la Bible qui les renferme tous, eſt l'ouvrage le moins connu & malheureuſement le moins ſuivi.

L'on imagine que les ſaintes Ecritures doivent faire uniquement l'étude des gens d'Egliſe, chargés de nous les rapporter dans leurs inſtructions ; mais l'on ignore que ceux-ci, ſur la foi de leurs Profeſſeurs de Théologie, ne s'occupent que de quelques citations relatives à leurs Ecoles, & négligeant ainſi abſolument d'y rechercher la morale, ſont également incapables, ni d'en faire leur profit particulier, ni de nous la communiquer.

Mr. Marmontel, ce ſavant éclairé & vrai docteur de la morale & du goût, n'a pas traité ainſi ces documens vénérables ; il y a recherché, comme conseilloit le petit-fils de Jesus fils de Sirach, les regles de la Sagesse & celles de l'Eloquence, en en faisant durant long-tems des extraits, pour se pénétrer de leurs beautés. J. J. Rousseau a dit : *la majesté des Ecritures m'étonne, la sainteté de l'Evangile parle à mon cœur : jamais la Vertu n'a parlé un si doux langage : jamais la plus profonde sagesse ne s'est exprimée avec tant d'énergie & de simplicité.*

Il est vrai que ces Philosophes & même le sage Locke assurent que pour inspirer, ni le goût de la Lecture, ni celui de la Religion, rien n'est moins propre que la lecture suivie de la Bible; *car quel plaisir*, dit l'Instituteur Anglais, *peut prendre un enfant à lire dans un livre, je ne sais combien d'endroits où il n'entend rien* : or le Peuple à qui je voudrois être utile, est dans le même cas que la Jeunesse que j'ai principalement en vue ici.

Locke ajoute : il y a cependant quelques parties de l'Ecriture Sainte très-propres à être mises entre les mains des Enfans pour leur faire aimer la Lecture ; telle est l'histoire de Joseph & de ses freres, celles de David & de Goliath, de David & de Jonatham, *&c.*, & d'autres choses qu'on devroit leur faire lire pour leur instruction : comme est, par exemple, cette maxime de Jesus-Christ : *agissez envers les autres, comme vous voudriez qu'ils agissent envers vous*, & tels autres principes de morale clairs & faciles à comprendre, qui étant choisis à propos, peuvent être souvent employés, tant pour l'Instruction des enfans, que pour les exercer à la Lecture; car par-là ces Préceptes venant à se fixer entiérement dans leur mémoire, l'on pourra dans la suite, à mesure qu'un Enfant est assez judicieux pour les bien comprendre, les lui indiquer dans les occasions, comme les regles constantes de sa vie & de ses actions.

Delà la nécessité & la forme de ces Extraits.

Pour inculquer même par tous les moyens ces Principes de la Vérité & de la Vertu dans l'esprit de mes Enfans, j'avois pensé à leur donner toute cette Doctrine en Modeles d'Ecriture & jusques de Langues étrangeres, en la faisant buriner en lettres de main & en plusieurs langues vivantes de nos voisins, comme aussi en latin; chaque langue en parallele avec le François : mais la grande cherté de cet ouvrage, auquel j'aurois desiré encore d'ajouter des figures, m'en a fait laisser l'exécution pour servir à l'éducation de quelque Prince, & en même tems à celle de sa nation, si l'on vouloit suivre le bel exemple des Compagnons de Vertu qu'on donna à Cyrus Enfant dans ses Jeunes Sujets.

En attendant j'ai borné ce dessein à faire copier en Ecriture Bâtarde, qui est la plus jolie de nos écritures, & par les meilleures plumes, pluſieurs lectures & exemples de cette Doctrine, pour procurer en même tems à mes enfans des modeles d'une bonne vie & d'une belle main, & graver doublement, par ce moyen, la vertu & la religion dans leur ame.

J. J. Rouſſeau ne reçut pas d'autre éducation du Vicaire Savoyart; celui-ci l'inſtruiſit indirectement en lui faiſant copier des Extraits de Livres Choiſis, & ſans employer l'appas ſi flatteur & ſi engageant de la Belle Ecriture.

Bien de Jeunes gens & même d'Homme faits pourroient ſe former de même dans cette Doctrine & de cette maniere dans des arts eſſentiels à un homme bien élevé, tels que la belle écriture & une ſage élocution. Ces extraits ſervant d'occupation manuelle à quelques-uns, les attacheroient comme méchaniquement à la piété & à la vertu; s'il eſt vrai ce que dit Mr. le Chevalier de Boufflers de cette derniere, & que je crois de même de l'autre; qu'étant comme des filles aimables & belles, ce ne ſera pas impunément que l'on feindra d'en être amoureux; en diſant ſouvent que l'on les aime, l'on finira par prendre pour elles la paſſion la plus vive & la plus tendre. Enfin, dit le pieux & vertueux Mr. Bernardin de St. Pierre, *on ne peut revenir à la nature qu'en ſe pénétrant de la religion du cœur, pure, ſimple, ſans faſte, ſans cérémonie, telle qu'elle eſt ſi bien annoncée dans l'Ecriture.*

DÉDICACE

D'HÉSIODE A SON FRERE

De son Poëme des Travaux & des Jours.

» MUSES qui habitez le Mont-Pirée, de qui » les Chantres divins tirent leur gloire, venez à » mon aide, célébrez votre pere ; le Dieu dont » la foudre éclate au haut des nues ; qui habite » des Palais élevés ; qui illustre les mortels ou » les fait oublier ; ils tiennent de sa volonté su- » prême & leur gloire & leur honte ; il éleve » l'un, abbaisse l'autre, plonge dans l'oubli les » noms célèbres, comble de gloire celui qui étoit » demeuré inconnu, redresse le boîteux, affoi- » blit l'homme qui se confie dans ses forces : ô » Toi qui vois tout, qui entends tout, exauce » nos vœux, dirige les jugemens des mortels !

» O Persée prête l'oreille à la vérité que je » vais te dévoiler ! Les Muses savent parer le » Mensonge de l'attrait de la Vraisemblance ; elles » savent aussi quand il leur plait dévoiler la Vé- » rité aux mortels.

TABLE DES LECTURES.

» Supposons pour un moment que dans le plus ancien empire du monde, des Mages gardassent, depuis un tems immémorial, le dépôt de toutes les Idées originales qui peuvent servir d'appui à l'opinion de l'Existence d'un Dieu & au sentiment de l'Immortalité de l'Ame; & que de distance en distance à mesure qu'une découverte, une considération nouvelle auroient augmenté d'un degré la confiance due aux Vérités les plus nécessaires au Genre Humain, on les eût inscrites dans un Testament religieux appellé le LIVRE DU BONHEUR ET DE L'ESPÉRANCE. *Quel prix ne mettrions-nous pas à en avoir connoissance.* »

De l'Import. des Opin. relig. Ch. 18.

Lectures.

* En latin Sacerdotes signifie hommes instruits des choses saintes, comme nous le serions tous par le present projet d'extrait a defaut duquel on les ignore en general.

(Ainsi Gregoire je te recommande de ne point laisser perir cette precieuse antiquite ou de meme que je te recomande mon plan [illegible])

92. Dieu

PRIERES DE LA BIBLE.

Fin de la Table.

DOCTRINE

ET EXEMPLES

DE LA BIBLE.

» Et cette Loi que tu nous a donnée
» Je l'ai chérie, & je la chérirai.
» A t'exhalter, j'aurai l'ame empressée :
» Avec ardeur, ta voix j'écouterai,
» Pour te servir d'effet & de pensée.

Ps. 118, *v.* 24.

LECTURE I.

Dieu veille sur les Innocens.

AGAR ET ISMAËL.

[Dieu écouta la voix de l'enfant. *Genese*, ch. 16.]

AGAR *chassée avec son fils Ismaël de la maison de son maître*, erroit dans la solitude de Berzabée ; & l'eau, qu'on lui avoit donnée, ayant manqué, elle laissa son fils couché sous un des arbres qui étoient là, s'éloigna de lui d'un trait d'arc, & s'assit vis-à-vis, en disant : je ne verrai point mourir mon enfant : & élevant sa voix dans le lieu où elle se tint assise, elle se mit à pleurer.

Or, Dieu écouta la voix de l'enfant, & *par une parole intérieure* (1), appella Agar, & lui dit : Agar que faites-vous là : car j'ai écouté la voix de l'enfant. Levez-vous, prenez votre fils & tenez-le par la main. En même tems Dieu lui ouvrit les yeux, & ayant apperçu un puits plein d'eau, elle s'y en alla, & remplit son vaisseau, & elle donna à boire à l'enfant.

Dieu assista cet enfant qui crut & demeura dans le désert, & qui devint un jeune homme adroit à tirer de l'arc. Il habita dans le désert de Pha-

---

(1) J'ai substitué en cet endroit, comme je le ferai en d'autres pareils, un fait naturel à un fait miraculeux, pour approcher davantage les hommes de la Religion, en la rapprochant elle-même de la nature, sans prétendre par-là diminuer ses droits ; mais pour ôter tout prétexte aux impies & aux libertins de ne pas s'y attacher & de l'aimer, d'abord dans sa belle & respectable simplicité.

Je dirois cependant volontiers à mes enfans, que c'est un Ange qui de la part de Dieu appella ici Agar. Il fait tant de plaisir, & il est si naturel d'imaginer un nombre infini de serviteurs au Maître souverain du monde ! Néanmoins la voix des pressentimens est plus ordinaire parmi nous, & aussi consacrée qu'elle est évidente ; c'est un pere ou un ami, qui nous avertit, nous console ou nous réjouit d'avance.

raon, & sa mere lui fit épouser une femme du pays d'Egypte.

LECTURE II.

Entiere Obéissance à la volonté de Dieu récompensée.

SACRIFICE D'ABRAHAM.

[Le Seigneur verra sur la Montagne. *Genes.* 22.]

DIEU éprouva Abraham, & lui dit : Abraham Abraham : Abraham lui répondit, me voici Seigneur. Dieu ajouta ; prenez Isaac, votre fils unique qui vous est si cher, & allez en la terre de vision ; & là vous me l'offrirez en holocauste sur une montagne que je vous montrerai.

Abraham se leva donc avant le jour, prépara son âne, & prit avec lui deux jeunes serviteurs, & Isaac son fils ; & ayant coupé le bois qui devoit servir à l'holocauste, il s'en alla au lieu où Dieu lui avoit commandé d'aller.

Le troisieme jour levant les yeux en haut, il vit le lieu de loin : & il dit à ses serviteurs, attendez-moi ici avec l'âne ; nous ne ferons qu'aller jusques-là mon fils & moi, & après avoir adoré nous reviendrons aussi-tôt à vous.

Il prit aussi le bois pour l'holocauste qu'il mit sur son fils Isaac ; & pour lui il portoit en ses mains le feu & le couteau. Ils marchoient ainsi eux deux ensemble, lorsque Isaac dit à son pere: mon pere. Abraham lui répondit, mon fils que voulez-vous ? Voilà, dit Isaac, le feu & le bois, où est la victime pour l'holocauste ? Abraham lui répondit: mon fils, Dieu aura soin de fournir lui-même la victime qui lui doit être offerte en holocauste. Ils continuerent donc à marcher ensemble, & ils vinrent au lieu que Dieu avoit montré à Abraham. Il y dressa un Autel, disposa dessus le bois pour l'holocauste, lia ensuite son fils Isaac, & le mit sur le bois qu'il avoit arrangé sur l'Autel; en même tems il étendit la main, & prit le couteau pour immoler son fils.

Mais dans l'instant l'Ange du Seigneur *lui* cria du Ciel: Abraham, Abraham. Il lui répondit me voici. L'Ange ajouta: ne mettez point la main sur l'enfant, & ne lui faites aucun mal. Je connois maintenant que vous craignez Dieu, puisque pour m'obéir vous n'avez point épargné votre fils unique.

Abraham levant les yeux, apperçut derriere lui un belier qui s'étoit embarrassé avec ses cornes dans un buisson: & l'ayant pris, il l'offrit en holocauste au lieu de son fils, & il appella ce lieu d'un nom qui signifie: le Seigneur voit: c'est pourquoi on dit encore aujourd'hui le Seigneur verra sur la montagne.

L'Ange du Seigneur appella Abraham du Ciel

pour

pour la ſeconde fois, & lui dit : je jure par moi-même, dit le Seigneur, que puiſque vous avez fait cette action, & que pour m'obéir vous n'avez point épargné votre fils unique, je vous bénirai, & je multiplierai votre race comme les étoiles du Ciel & comme le ſable qui eſt ſur le rivage de la Mer.

Abraham revint enſuite trouver ſes ſerviteurs, & ils s'en retournent enſemble.

MON PORTRAIT,

PAR MES OUVRAGES.

» Je tâche à produire dans leur esprit un desir semblable au
» mien, & à faire qu'ils recherchent ma compagnie avec autant
» de passion que je souhaite la leur.

Choses mémor. de Socrate, L. II.

1. *Projet de Communauté Philosophe.*
2. *Maison de Réunion pour cette Communauté.*
3. Généralif, Maison Patriarchale & Champêtre.
4. Education par Jeux.
5. Exortations à la Vertu & à la Religion tirées de l'importance des Opinions religieuses.
6. Doctrine, Exemples & Prieres de la Bible.
7. Tableaux d'Antique de l'Ami des Hommes.
8. Les Jours Heureux de Pamela.
9. Le Bréviaire des Honnêtes Gens, ou Recueil analytique des traits du caractere de Montaigne.
10. Portrait de l'Homme de Bien ou traits du caractere d'Adisson dans le Spectateur.
11. Peintures & Maximes de l'Amenité tirées du même ouvrage.
12. Galerie historique des ouvrages de J. J. Rousseau qui en offre tous les tableaux.
13. Morale du Théatre ou Héroides & Contes composés des pieces de Théatre.
14. Code des Vertus sociales tiré des Offices de Ciceron.
15. Tableaux de Telemaque.
16. L'Essentiel de la Bible, pour la Foi Chrétienne.
17. Réglement d'Education Nationale, suivi des Vues des Etudes de la Nature.

A M. DIDOT LE JEUNE,

Imprimeur - Libraire, à Paris.

Il y a trois ſortes d'Education, ſuivant l'Inſtituteur de notre ſiècle ; celle de la Nature, celle des Hommes, & celle des Choſes. Mon plan d'Education par Jeux Artiſtes eſt celle des choſes & des choſes parfaites, & non celle des hommes ignorans ou corrompus, ni celle de la nature obſcurcie & gênée par leurs uſages ou leurs préjugés.

Oh ! qui voudra m'aider dans la conſtruction de ces Choſes, dont le détail projetté eſt dans mon Plan qui eſt entre les mains de M. de Mirabeau. Elles ſont plus capables d'opérer l'Education que les hommes changeans ou corrupteurs. J'en avois prié deux grands hommes, l'un de Lettres, l'autre d'Etat & de Lettres ; les circonſtances autant que leurs grandes occupations, ne leur ont pas permis de s'occuper de l'exécution de ces Jeux, puiſque je n'en ai pas le loiſir moi-même avec mes affaires ou mes études, & que le talent néceſſaire à leur conſtruction exacte & proportionnée à l'inſtruction des Arts, appartient aux ouvriers les plus intelligens : & où en trouver autant qu'à Paris ?

Si M. Didot vouloit ſe charger de raſſembler cette partie méchanique de l'Education, & en même temps de la petite bibliotheque des livres élémentaires qu'exige mon Plan, pour ſe paſſer au beſoin des Maîtres [vrai caractère d'un Plan National d'Education, afin qu'il ſoit utile à la totalité de la Jeuneſſe des Villes & des Campagnes], il réuniroit deux parties eſſentielles à l'Inſtruction, & les plus importantes de l'Education.

Ce ſeroit être plus utile à l'Etat de lui offrir un Plan ainſi diſpoſé à être univerſellement pratiqué, que d'attendre que ſes Repréſentans aient le loiſir d'en former de tels, ni même qu'ils les examinent dans cette première Aſſemblée, & il ſeroit d'autant plus digne du zèle & des talens de M. Didot, ſi utiles au public de ſe charger de cette entrepriſe, *qui devient tous les jours plus néceſſaire*, à proportion du progrès de nos lumières & de notre ſenſibilité pour nos enfans.

Pour hâter chez tous les hommes ces lumières & cette ſenſibilité ſi favorables à l'Education de la poſtérité, j'offre gratuitement à M. Didot tous les extraits d'ouvrages profonds & importans au bonheur de la ſociété dont la liſte ſe trouve ci-avant, & que j'ai mis ainſi à la portée du Peuple, claſſe la plus nombreuſe de la ſociété & la plus expoſée aux maux de l'ignorance : *le plus noble prix de la ſcience eſt le plaiſir de l'i-*

gnorant éclairé, comme dit M. de Saint-Pierre, qui me fait l'honneur de m'écrire dans cette vue: » Je ſuis trop flatté de l'adoption que vous faites » de mes Etudes de la Nature & des Extraits » que vous en deſtinez au Peuple. »

Avec l'Eſprit de ces Etudes qui accoutumera les Hommes à reconnoître les volontés du Créateur dans ſes ouvrages, je ſouhaite que M. Didot, dans la circonſtance où l'Aſſemblée Philoſophe de la Nation s'occupe de recueillir les principes d'une religion nationale, imprime celui que j'ai extrait de l'Importance des Opinions Religieuſes, formant par l'ordre de mes ſujets un Code religieux accompli & une Profeſſion de Foi pour tous les Peuples, comme mes Extraits de la Bible doivent être le Bréviaire des Nations.

. . . . *Miſeris ſuccurrere diſco.*

» Mon étude eſt de pourvoir aux plus preſſans » beſoins des Malheureux.

Nª. *Si M. Didot procure les aſſortimens des Jeux d'Education, il fournira auſſi le Berceau dit*, qu'on le laiſſe en repos, *ou la Cage de l'Eleve de la Nature dont il eſt fait mention dans les trois Avis aux Meres, & dont la deſcription ſe trouve dans mon Plan d'Education par Jeux que je me flatte que M. Didot voudra bien im-*

primer avec mon Généralif, ou Maison Patriarchale dont il est une suite.

Je suis bien-aise d'avertir le Public que mon expérience d'Inoculation annoncée à la fin du Réglement n'a réussi sur aucun de mes enfans; mais que je me propose de la faire avec plus de succès, en disposant quelques heures avant la partie par l'application d'une piéce de flanelle, & en emploïant des croutes plus récentes, ou enfin du pus même, plus conformément à l'exemple des Ecoliers Anglais qui s'achetent ainsi la petite vérole, & à ceux rapportés dans l'Ecyclopédie par M. Tronchin, de Bartholi envers sa fille, d'un pere de famille conseillé de même par M. Bucham dans la Médecine Domestique, & d'un autre pere que loue M. Tudesc dans ses Observations pour rendre l'Inoculation à son état de simplicité naturelle & infailliblement salutaires.

www.ingramcontent.com/pod-product-compliance
Ingram Content Group UK Ltd.
Pitfield, Milton Keynes, MK11 3LW, UK
UKHW021202230726
13926UKWH00001B/260